U0773095

冉冉而过六十年

梁中和　著

群众出版社·北京

图书在版编目（CIP）数据

匆匆而过六十年 / 梁中和著 . —北京：群众出版社，2017. 5
ISBN 978 – 7 – 5014 – 5674 – 1

Ⅰ.①匆… Ⅱ.①梁… Ⅲ.①传记文学—中国—当代 Ⅳ.①I25

中国版本图书馆 CIP 数据核字（2017）第 080309 号

匆匆而过六十年

梁中和 著

出版发行：群众出版社
地　　址：北京市丰台区方庄芳星园三区十五号楼
邮政编码：100078
经　　销：新华书店
印　　刷：北京普瑞德印刷厂

版　　次：2017 年 6 月第 1 版
印　　次：2017 年 6 月第 1 次
印　　张：2.75
开　　本：880 毫米×1230 毫米　1/32
字　　数：55 千字

书　　号：ISBN 978 – 7 – 5014 – 5674 – 1
定　　价：15.00 元

网　　址：www. qzcbs. com
电子邮箱：qzcbs@ sohu. com

营销中心电话：010 – 83903254
读者服务部电话（门市）：010 – 83903257
警官读者俱乐部电话（网购、邮购）：010 – 83903253
文艺分社电话：010 – 83901330　　010 – 83903973

目　录

前 言

中华民族非常重视历史的记载和传承。我们有五千年的文明史以及众多的历史资料，许多家族也有自己的家谱，但历史资料大多是写名人、写大事的，而反映普通老百姓生活的较少。多数家谱只记载辈分和名字，并无更详细的记述。譬如，我的曾祖父是怎样生活的我就说不清楚，因为我父亲没给我传下来，家谱中也仅有他的名字。我认为，历史不应仅仅由名人和大事构成，还应该包括普天下的老百姓。只有对老百姓的生活进行详细了解和分析，才能够更好地理解当时的社会环境，才能形成全面的历史观。

每个中华民族的子孙都应该关注历史，特别是本民族的历史，当然首先应该关注自己家族的历史。

我生于 1953 年，2013 年退休。为了给子孙后代留下一些可以让他们了解先辈生活的资料，我把我六十年的生活经历和感受写了出来。

我小时候总觉得时间过得太慢，总盼着自己快快长大成人，现在却觉得时间过得很快，一晃六十年过去了。所以，本书取名《匆匆而过六十年》。

一、我的简历

1953 年农历 11 月 27 日出生于山西省新绛县。

1960 年 9 月～1962 年 8 月在山西省稷山县东街小学上小学一、二年级。

1962 年 9 月～1966 年 7 月在山西省稷山县杨赵村小学上小学三、四、五、六年级。三年级时加入中国少年先锋队。多次被评为三好学生。

1966 年 12 月～1969 年 7 月在山西省稷山县红旗中学（现稷山一中）上初中。

1969 年 9 月～1971 年 12 月在山西省稷山县杨赵村务农。曾任第十四生产小队会计。

1972 年 1 月～1973 年 8 月在山西省稷山县杨赵学校任民办教师。1973 年加入中国共产主义青年团。

1973 年 9 月～1976 年 7 月在山西师范学院（今山西师范大学，地址在山西省临汾市）数学系 7304 班上学。

任班团支部宣传委员和系团总支副书记。

1976 年 8 月～1980 年 12 月在山西省稷山县杨赵中学任数学教师。曾被评为模范教师。

1981 年 1 月～1998 年 1 月在华北石油管理局教育培训中心东风中学（校名曾为华北石油会战指挥部机关二校、华北石油管理局机关二校、华北石油管理局测井公司东风中学等，地址在河北省任丘市）任数学教师、副校长、校长等职。其中 1984 年 7 月任华北石油管理局测井公司东风中学副校长。1994 年 7 月任华北石油管理局测井公司东风中学校长。1983 年被华北石油管理局机关二校评为先进教师；1987 年被华北石油管理局测井公司评为先进工作者；1990 年被华北石油管理局授予优秀教育工作者光荣称号；1997 年被华北石油管理局教育培训中心授予先进教育工作者荣誉称号。1988 年被评为中学一级教师（教学管理专业）；1995 年被评为中学高级教师（教学管理专业）。1995 年加入中国共产党。1985 年 2 月～1985 年 7 月曾在北京教育行政学院进修（脱产）。1993 年～1994 年参加石油系统及河北省中小学校长岗位培训（在职）。

1998 年 2 月～2001 年 2 月在华北石油管理局教育培训中心研究院学校任校长。其中 1998 年被华北石油管理局关心下一代工作委员会评为关心下一代先进工作者。2001 年 1 月被华北石油管理局教育培训中心关心下一代工作委员会、华北油田家长学校授予家长学校分校优秀校长荣誉称号。1998 年 12 月成为河北省教育学会中学数学教学专委会成员。

2001 年 3 月～2001 年 6 月在华北石油管理局教育培训中心第三中学任教师。

2001 年 6 月～2001 年 11 月在北京世贤学院附中做学生管理及后勤工作。

2002 年 8 月～2006 年 7 月在北京市第二体育运动学校任数学代课教师。2003 年在北京市中等职业学校"快灵通"杯计算器使用竞赛中指导学生荣获二等奖而获指导教师奖。2004 年被评为校级骨干教师。

2006 年 9 月～2011 年 1 月在北京市第一体育运动学校、北京体育职业技术学院等学校任数学代课教师。

2011 年～2013 年在北京做家庭辅导教师。

2013 年 11 月在华北油田退休（华北石油管理局教育培训中心已更名为"沧州教育局石油分局"）。

二、出生在新绛

1953 年农历 11 月 27 日，我出生在山西省新绛县。

新绛县位于山西省的西南部，古称绛州（辛亥革命后改称新绛县）。县城北依吕梁山，南临汾河水，浍河在城南不远处汇入汾河，水、旱交通便利（汾河在 20 世纪 50 年代前可以通航）。自隋开皇三年（583 年）建城，至今已有一千四百多年的历史。

新绛县城依黄土高坡而建，南低北高，落差约三十米。一条长约三四里的大街纵贯南北，两边店铺林立，胡同众多。抬头向北一望，耸立在县城最高点，始建于唐代，自高四十多米的龙兴寺宝塔，高高在上，雄伟壮观，直插云天，使人感到十分震撼。有人把新绛县城比作"卧牛"。南门为嘴，东、西天池（泊池）为两眼，角塔为犄角，南北大街为脊，两旁小巷为肋，北门为沟门（当地方言，指肛门），宝塔为牛尾。20 世纪 50 年代，进了南门，大街两边是临街的店铺，其中西边第二家就是我父母当年做生意的地方。这是我能记起的最早的家。我小时候常在附近玩耍。听说我出生在西关的一个老乡家，可惜我对那里没有任何记忆。

我小的时候，新绛县城的南门还在，但只剩一个门洞，上面的城楼没了。城墙有些残破，但仍颇具规模。有时候，我和小伙伴们爬到城墙上往下看，由于太高了，我们每次都战战兢兢的。城墙下有一户人家，由于女主人常穿着花裙子，我们以为他们家是苏联人，因为我们在大街上见过穿着类似花裙子的外国女人，听大人们讲，她们是苏联人。那时候我们最爱玩打仗游戏，有些小伙伴假装好人，有些小伙伴假装坏人，每次总是坏人逃跑，好人追击。只要有人振臂高呼"冲啊"，并带头跑起来，其他人就会跟着连跑带喊"冲啊"、"缴枪不杀"，场面相当壮观，和电影里的打仗时冲锋的场面差不多。

汾河是山西省境内距离最长、流域最广的河流，也是黄河的第二大支流。它发源于山西北部的宁武县境内，自北向南流经太原、榆次、平遥、介休、洪洞、临汾、侯马等二十余个县市，在新绛拐弯向西，经稷山、河津，在万荣县境内汇入黄河，基本上纵贯山西全境，所以，山西人认为汾河是山西的母亲河。

我小的时候，出新绛县城南门百余米，便是浩浩荡荡、日夜流淌的汾河。一座浮桥连通南北两岸，北岸是新绛县城，南岸是新绛南关。桥上车水马龙，人来人往，十分繁忙，是侯禹公路（侯马至禹门口）连通新绛县城的交通咽喉。后来，河水逐渐向北岸切割，如今已切入城内几十米了，原来的南门及瓮城都已变成了河底，原来的浮桥也不复存在，取而代之的是钢筋水泥大桥，位于原浮桥的东侧。

我小的时候，新绛没有自来水，人们吃的水是井水或河水。当时，由于地势低，盐碱重，城里头不少地方的井里的水是咸的，不好喝，人们称这样的水为"苦水"，把无色、无味、透明的自然水称为"甜水"。为了喝到"甜水"，许多人常常舍近求远，费时费力地去找"甜水"井。然而即便能找到"甜水井"，"绞水"、"挑水"这类的重体力劳动，一般的妇女、儿童、老人都干不了。所谓"绞水"，就是人摇动辘轳，把几十斤重的一桶水从井里提上来。所谓"挑水"，就是肩挑近百斤重的两桶水行走若干距离。不是壮年男子一般干不了这样的活儿，许多人家便直接买水喝，因而当时新绛县城里就有"送水工"。他们或用肩挑，或用车拉，沿街叫卖，把"甜水"送到各家各户。如今，大城市里也有"送水工"，但他们送的是密封塑料桶装的纯净水或矿泉水，工作方式也与过去大不相同。当年新绛县城南门外的汾河边有一口很大的"甜水"井，应该是新绛县城当时最重要的水源井。当时，许多城里人家都到这里来挑水。"送水工"也到这里"绞水",然后再将水运到城里去卖。后来人们将这口井改为机械抽水,省去了"绞水"环节,减轻了劳动强度。实际上,这口井里的水,就是汾河的水经过泥沙、砾石过滤后渗到井里的。汾河水中下游的泥沙含量极高,如同黄泥汤子一般,但经过过滤后即变得清澈透明,甘甜可口。我小的时候新绛县城里的许多人喝的都是这样的水,所以说我是喝汾河水长大的并不过分。其实,汾河沿岸的许多人家祖祖辈辈喝的都是汾河水。然而,近几十年来,由于有些工厂将有毒有害的废水废料排入河道,有些城镇将生活垃圾和生活废水排入河滩,汾河水受到严重污染,使人感到非常痛心。现在,各级政府都十分重视环境治理,使汾河的污染程度有所减轻,太原以上的水质较好,以下的水质还不尽如人意。我期待着,若干年后,亘古不变、源源流长的母亲河能够彻底告别污染,再现当年的风采。

我小时候很少看到汽车和摩托车,人们日常出行大都步行,经济条件好的家庭才拥有自行车,私人没有汽车和摩托车,运送货物基本上靠人背、肩扛、挑担、人力小车和畜力大车等,只有国家和大的厂矿企业才有少量的汽车。我当时对新绛的印象就是热闹、人多,特别是逢集赶会的时候,街上和集市上到处都是卖东西的和买东西的,还有闲逛或者过路的。许多地方人挨人人挤人,过都过不去,许多人还带着各式各样的货物,有肩扛的、手提的，还有挑担的、推车的，等等，其景象就像现代大城市的"交通拥堵"一样。另外，还有大批以牛、马、驴、骡等大型牲畜为动力的各式车辆，都停在城外或离集市较远的地方。我还曾看见过与牛、马一样充当交通畜力的骆驼，它的驼峰丰满而弯曲，脚掌又肥又大，提起来像个小冬瓜，落地后像厚厚的肉蒲扇，给我留下了深刻的印象。

自隋代建城以后，历代朝廷都在新绛设州置郡，统辖周围的好几个县，其中唐武德元年（618年）至武德三年曾设置绛州总管府。当时，设置总管府的城镇必定是十分重要的区域中心。晋阳（太原）是唐的发源地，设有晋阳总管府，统辖周围的几十个州。河东（指黄河以东，今山西境内）南部地区则由绛州总管府统辖。绛州总管府辖绛州、潞州（今长治）、盖州（今高平）、建州（今晋城）、泽州（今晋城泽州一带）、沁州（今沁源）、韩州（今襄垣）、晋州（今临汾）、吕州（今霍州）、浍州（今翼城）、泰州（今万荣）、蒲州（今临晋）、虞州（今安邑）、芮州（今芮城）、邵州（今垣曲）十五个州。绛州领正平县（今新绛）、太平县（今襄汾）、曲沃县、闻喜县、稷山县五县，管辖区域约占如今山西省的三分之一。不过，当时刘武周与唐争夺地盘并攻陷了晋阳以及绛州的许多州县。秦王李世民率精兵从关中前来征讨，在龙门（今河津）踏冰（当时是冬季）过黄河，驻扎在绛州柏壁，与刘武周的大将宋金刚所率军队鏖战数月，最后宋金刚率军溃逃，所以，绛州总管府实际统辖的时间和力度都有限。

清雍正二年（1724 年），绛州由隶属平阳府（今临汾）改为"直隶绛州"，领稷山、河津、闻喜、垣曲、新绛五县。清末民初，新绛除了传统的农业、手工业、商业、文化艺术等比较发达外，其近代工业和近代学校也较早开始发展。1902 年，绛州中学堂成立。1915 年，荣昌火柴公司开张。到 20 世纪 30 年代，建有两个机械化纺织厂（设在三林镇的大益成纺织股份有限公司和设在南关的雍裕纺织股份有限公司各拥有一个纺织厂）、两个火柴厂（荣昌火柴公司和毓华火柴公司各拥有一个火柴厂）、一个电灯公司（大益成纺织厂的电 1928 年开始给县城供电照明），还有铸造、机械加工以及各种手工业作坊，产品远销周围几十个县，惠及山西、陕西、河南等好几个省。民间称新绛是"水旱码头"，"七十二行行行有"，还有"小北京"、"南绛北代"（代指山西北部的代州）之说。1935 年南同蒲铁路通车后，由于新绛不在铁路线上，其区域中心作用才逐渐减弱。

1938 年，日本鬼子侵占新绛后，新绛遭到严重摧残，工商业有的迁至西安等地，有的倒闭散伙，还有的遭日寇抢劫掠夺。老百姓惨遭杀害和蹂躏，人人提心吊胆，户户不得安宁，过着艰辛屈辱的生活，直至 1945 年日本鬼子投降。

1947 年，新绛解放。1949 年，中华人民共和国成立后，新绛得到了恢复和发展，经济、文化、教育、交通、市政建设等方面都有了长足发展。如今县里还存有不少明清时期的古建筑，而且还有一些罕见的隋唐时期的古文物，其中创建于隋开皇十六年（596 年）的"绛守居园池"是中国现存的唯一一座隋代官家园林；"绛州大堂"据说曾是大唐名将张士贵的帅府堂，薛仁贵当兵的故事就发生在这里；唐代的"碧落碑"，碑文用小篆体刻成，为我国书法史上的珍品；"龙兴寺"古老而壮观，宋太祖赵匡胤曾寓居于此。"龙兴宝塔"据说历史上曾数次冒青烟，其中，1972 年、1976 年民间就曾传说宝塔冒青烟，方圆十几里的群众围观多日，有人上去照相，有人用网兜捕捉，也没什么结果；"绛州三楼"（钟楼、鼓楼、乐楼），三足鼎立，全国少有。金代天德三年铸造的万斤巨钟，钟声悠扬，静夜可闻三十里；传说"七星坡"（衙门坡）的"石星"子夜可以发光；价值连城的"战国玉璧"、"金代钞版"以及"澄泥砚"、"绛帖"、"绛州鼓乐"、"稷益庙"等也都闻名遐迩。1993年，新绛被评为山西省历史文化名城，1994 年被国务院列为国家历史文化名城。

其实，要说我与新绛的缘分，还应当从我的父母说起。

　　我的父亲叫梁新荣，1921 年农历 8 月 29 日出生在河南省温县北冷乡西保封村（曾属沁阳管辖）。我的爷爷叫梁士恭，奶奶姓侯。父亲还有一个姐姐、两个哥哥和一个妹妹。父亲小时候，家境十分贫寒，一大家子人主要靠爷爷种四亩半薄田外加农闲时推车贩煤为生。父亲七岁时就随爷爷推车贩煤，每天起早贪黑，往返几十里，前拉后拽，非常辛苦。父亲十二岁时上过一年学，十三岁时随奶奶、大伯父跟着同村一位姓夏的老乡从一马平川的河南老家出发，一路步行，翻过太行山，到山西绛县续鲁村谋生。父亲端个盘子，上面放些香烟、麻花、烧饼等串村去卖，大伯父给人打短工，生活十分艰辛。后来，早在四年前就到山西新绛县闯生活的二伯父来接他们，父亲一行人就来到山西新绛县，开始了学徒生涯（织布袋等），后来又做小百货生意，并渐渐在新绛站住了脚。

　　我母亲叫王秀英，1924 年农历五月初六出生于河南省温县赵堡乡南保封村。母亲排行最小，有三个姐姐和一个哥哥。母亲漂亮聪慧，1940 年与父亲在山西省新绛县三林镇中社村结婚，后来为躲避日本鬼子的迫害，随家人逃往山区。

　　日本鬼子投降后，父母重返新绛，继续做小百货生意。新绛解放以及中华人民共和国成立时，父母都在新绛做小百货生意。

　　1956 年，公私合营时，三岁的我随父亲、母亲、哥哥、姐姐一家五口人由新绛县迁到稷山县。父亲在稷山县木业社当工人，曾出任过木梳组组长、油漆车间主任，参加过社会主义教育和社会主义改造运动。母亲和我们几个孩子都是城镇居民。

　　我家迁到稷山县后时间不长，新绛的二伯父骑自行车到万荣县去赶集，返程路过我们家时，提议将我带到二伯父家生活。这样，我坐着二伯父的自行车又回到了新绛，在二伯父家生活了一段时间后，由于矛盾和误会我又回到了父母身边，但户口仍留在新绛。之后的十多年里，每年春节期间，我都到新绛去给二伯父、二伯母拜年，有时还在那里小住几日，与小伙伴们玩几天。

　　新绛城里的河南人很多，一是早年间从河南迁来一些回民，大多居住在西关一带；二是 1926 年大益成纺织股份有限公司在新绛三林镇成立，创办人之一是河南省武陟县的鲁连成，他从河南带来了二百多名技术人员和熟练工；三是当时在新绛城里用手工织布、织毛巾、织袜子的也大多是河南人。还有其他原因来新绛的河南人，聚在一起，数量可观。搞纺织的人（包括手工和机械）又以武陟县、沁阳县、济源县、温县、博爱县、孟州一带人居多，由于地理位置相近，大家的口音也差不多，所以，一听说话便知道是河南老乡。我小时候在南大街、孙家巷一带玩耍较多，熟悉的一二十个玩伴都是河南人的后代。河南人早已与当地人融为一体，把新绛当成第二故乡或故乡，成为建设新绛的生力军。在工业、农业、商业、教育、行政管理等方面，都能看到他们活跃的身影。

1962 年，由于国家压缩城市人口，父亲、母亲、姐姐和两个弟弟五口人被下放到稷山县杨赵村，户口性质也由城市户口变成了农村户口。当时，哥哥正在乡宁县中学上高中，所以户口在学校，我的户口在新绛县二伯父家，所以我俩还是城市户口。

我们一家人到农村后，生活很艰苦，最让人发愁的是粮食不够吃，每到春天青黄不接时，全家人备受煎熬，最困难的时候吃了上顿没下顿，差点出去讨饭。父亲使出浑身解数，东挪西借，克服种种困难，才携全家人苦渡难关。在十分困难的情况下，父亲还努力钻研农业技术，最终由外行变内行，成了"植棉能手"，出席了稷山县劳动模范大会。

1979 年，中国共产党十一届三中全会胜利召开，改革开放的春风吹遍祖国大地，农村实行了以家庭为单位的土地承包责任制，极大地调动了农民的生产积极性，粮食产量大幅度提高，粮食短缺问题终于得到了解决，农民有了充足的粮食，日子也越过越好。父亲又重新做起了小百货生意。开始两年，父亲在韩城、新绛、稷山以及吕梁山区赶集赶会，摆摊零售。1983 年，父亲在新绛县孙家巷首先搞起了小百货批发生意，后来孙家巷成了小百货批发特色商业街。由于孙家巷容量有限，政府很快开辟了小百货批发"市场"，但"市场"很快又爆满，政府又迅速建设了"汾河湾"小百货批发市场，使小百货批发业成为当时新绛县经济发展的龙头行业。税务局在孙家巷首次张榜公布各商户纳税额时，父亲的纳税额排名第一。因为依法纳税，守法经营，父亲还上过电视。父亲在"汾河湾"市场一直干到七十八岁才歇业，是当时"汾河湾"商户中的最年长者。

父亲歇业后，由父亲口述、父亲的忘年交李春明先生记录并整理的回忆录《风雨人生八十年》印刷成书，在新绛引起了不大不小的轰动。此书详细记录了父亲一生的经历，极具可读性。新绛电视台对此作了报道，新绛图书馆收藏了该书，《绛州报》、《绛州周讯》进行了节选连载，《新绛政协》杂志进行了选登。《绛州报》（杨兆平/文）、《河东晨报》（吴寿桐/文）也刊登了介绍父亲情况的文章。父亲介绍新绛县历史情况的节目还上过山西省电视台的《一方水土》栏目。山西人民出版社出版的《山西抗战口述史》一书也收录了父亲口述的一些材料。

从1983年起，父母基本上定居在新绛，过春节时才回杨赵村住几天。1990年，父母在新绛购置了住宅后便正式定居在新绛。从1983年起，每年暑假，我都回到新绛去看望父母，有时还带着儿子。1990 年父亲过七十大寿时，我携妻儿去给父亲拜寿。1998 年母亲病重后，我每年寒假、暑假两次去探望母亲，直到母亲 2001 年病逝（享年七十八岁）。之后，我每年至少探望父亲一次，直到 2012 年父亲去世（享年九十二岁）。算起来前后将近三十年，我三十多次出入新绛。再加上小时候十几次出入新绛，这是截至目前我一生中出入次数最多的城镇。同时，新绛也是我父母一生定居时间最长的地方，前后三次，大约四十七年。

听父亲讲，我的祖先在明朝大移民时从山西省洪洞县大槐树下迁移到河南省。没想到，几百年后，我的父亲又从河南省迁回到山西省，距洪洞大槐树仅百公里左右。外迁移民的子孙又回到出发点，使人感慨万千。

新绛——我的出生地；

——我儿时居住过的地方；

——我父母一生定居时间最长的地方；

——我父母一生最安定、最惬意的安度晚年的地方；

——我父母去世及墓葬所在地；

——我一生出入次数最多的地方。

这样的地方，我永远不会忘记！

三、曾住稷山县

1956 年，父亲携我们一家五口人从新绛县迁到稷山县。父亲在稷山县木业社入股，当了工人。

稷山于北魏太和十一年（487 年）开始独立设县，当时称高凉县，隋开皇十八年（598 年）改称稷山县至今。

县城以南五十里有座稷王山，当地人相传上古时期后稷曾在那一带教民稼穑。

稷山县在新绛县西侧，两个县城相距五十里。稷山县也是北依吕梁山，南临汾河水，但县城的地势较平坦，不像新绛县城那样北高南低且落差很大。

我小的时候，稷山县城是丁字形大街。城墙残缺，但仍具有一定的规模。南门没了，但砌了几个砖柱子，算是现代式南门。进南门时，要上一个坡面长三四十米、垂直落差五六米的大坡。站在坡下，仰视南门，感觉既现代又气派。进了南门，是南北向大街，沙石土路面，与当时的公路路面是一样的。南北向大街不长，大约不到五百米，东西大街较长，差不多有一千米。丁字路口向北有一条小巷，人称塔巷，顺塔巷下坡行百余米有一座寺庙，还有一座砖质宝塔，十三级高，雄伟壮观，直插云天，但塔身裂开了缝，后来被拆掉了。丁字路口向西一百多米是衙门口，衙门口向北百米左右是县衙旧址，当时的县政府就设在那里。衙门口往西百米左右便是始建于元至正五年（1345 年）的稷王庙。稷王庙殿宇又高又大，屋顶铺的是彩色琉璃瓦，可谓气势恢宏、华丽壮观，是中国历史上规模最大、档次最高、保留最完整的专祀谷神后稷的庙宇，是全国重点文物保护单位。

县城北侧的高崖之上，有一座创建于金皇统二年（1142 年）的大佛寺，寺内有一尊二十多米高的土雕大佛，雍雅壮观全国罕见。当地民间有"一佛镇三县"之说。历史上大佛寺曾遭受战乱、地震、雷击、火灾等灾难，房屋曾多次被毁，但大佛依旧完好。许多香客和游人慕名前去拜谒和参观。

稷山县还有青龙寺、兴化寺、金代古墓群、玉璧城、法王庙等文物古迹，也十分有名。

我家租住在薛家巷（三弟出生在那里），离木业社不远。同院住着王姓山东人，豪爽热情。他家孩子多。我们两家关系融洽，门口有个打麦场，小孩们经常在那里玩耍。

当时，稷山县的企业并不多，东街有一个搞铸造和机械加工的厂子（后来迁到了东关）。东门外北侧有棉花加工、榨油的工厂，还有一个面粉厂。除此之外，大概木业社就算是较大的企业了。木材加工车间又高又大，内有不少工人干活，厂区里堆放着各式各样的木材。油漆车间在主厂区外面的一座小院子里，大概有十名工人在那里干活，父亲就在那里上班。每当刷油漆时满院子都是刺鼻的油漆味，不刷油漆时也有一股熬胶时散发出来的胶味。父亲下班后身上总还带着淡淡的胶味。

后来我家又搬到了王家巷（四弟出生在那里），房东姓赵，他家的男孩比我大一岁，我们在一起玩得很好。那时候，差不多家家户户都有好几个孩子，几乎没听说过什么拐卖儿童的事，我五六岁时，常在大街小巷跑来跑去，啥事也没有。

我上职工幼儿园大班时，母亲到糖业烟酒公司做临时工，把三弟送到了幼儿园上小班。谁知中午吃饭时，三弟不肯吃饭，又哭又闹。阿姨让我去哄他，也无济于事。阿姨只好让我带路去找家长。我带着阿姨到糖业烟酒公司找到母亲，母亲把三弟接回了家，从此，三弟再也没有上过幼儿园，母亲也没再到糖业烟酒公司去上班。

1958年，大跃进、大炼钢铁的时候，听大人们说，上面号召上交铜器，没过多久听说铁器也要上交，再后来就开始吃大锅饭。

稷山县职工大食堂设在塔底下，那里是职工体育活动中心，有不少体育设施。到了吃饭的时间，职工们都到那里去吃饭。我那时经常在联合器械的"软梯"和"爬杆"上练习攀爬，腿上皮肤都磨破了，形成了好几块血痂。我"爬树"的本领就是在那里学会的。

我对大锅饭的印象是：汤菜多，主食少，大人们都说吃不饱。还有所谓的"淀粉馍"，很粗糙，有人说是将"酒糟子"（酿酒的剩余物）粉碎后掺些面做成的，也有人说是将玉米棒子去掉玉米粒后剩下的干棒子粉碎，再掺些面做成的，反正很不好吃。有一次，我和姐姐去打全家人的饭，共领了两个小馒头、两个小窝头和半罐菜汤。在回家的路上，我俩就把两个小馒头都吃光了。

1960 年是我们国家的困难时期，粮食短缺，老百姓的生活极度艰难。记得有时候妈妈带姐姐赶集时，总是非常谨慎小心，总要叮嘱好几遍之后才肯出发。原来她们是要去卖东西，即把父母做小百货生意时剩的"货底子"，譬如针、线、扣子、烟袋锅等变卖成钱以补贴家用。那时候不允许私人做生意，所以要躲着市场管理人员。我也被告知："千万别说出去!"那年，我开始上小学。

当时，稷山县城只有一所小学，即东街小学，离我家有二里多地。除了刚入学的一年级新生外，同学们都是自己上学自己回家，没有家长接送。放学时，老师让学生按家庭住址排好队。我们这一队叫"西北家"（或许应为"西北甲"），凡是家住县城西北方向的学生都站在这一队，然后排队回家。由于那时天天在大街上走，街上的一些房屋建筑、标语口号等都在我的脑子里留下了印象。后来我到县城上中学时，特意从东街走到西街，回味当年的感觉。有些建筑没有变，有些标语口号还留有痕迹，什么"人定胜天"、"十五年赶超英国"等。尤其是当年东街墙上的一幅宣传画给我留下了深刻的印象，画的是一个青年农民头系毛巾，肩扛锄头，一只手拧着太阳的耳朵，笑眯眯地说："太阳太阳我问你，敢不敢来比一比，我已出工老半天，你还睡在被窝里。"

我上小学二年级是在西关的一座院子里，那里只有两个班，一个是一年级丙班，一个是二年级丙班，都是"西北家"的学生。我上一年级时基本上是稀里糊涂的，也不知道自己学习好坏。上二年级时，老师每次布置课堂作业，我很快就能完成，差不多每次都是抢先把作业本交到老师手里，而且几乎不出错误，作业本上全是对钩。那时，我的自我感觉非常好，每天都是好心情。

1962年初夏，我家被下放到稷山县杨赵村。为了不影响我的学习，父母把我一人留下，让我吃住都在赵家，直到我二年级期末考试结束才接我到杨赵村。

四、落户杨赵村

1962 年，在压缩城市人口的背景下，我父母、姐姐和两个弟弟由稷山县落户到杨赵村。

杨赵村北依吕梁山，南临汾河水，侯禹公路从村南经过。杨赵村位于稷山县的最东端，再往东五里地便是新绛县的周流村。杨赵村西距稷山县城二十里，东距新绛县城三十里，是两县城连线上的重要村镇。

杨赵村西南的汾河边上，古时候曾有一个船运码头，向东可通往绛州等地，向西可通往稷山、河津，进而还可入黄河到达陕西、河南、山东直至天津，是晋南棉花、粮食等物资的重要集散地之一。码头边有一条沿河而建的大街，街上有数十户各种商业店铺和手工业作坊，一家挨一家，差不多有二里多长，其中有四家花店（收购、加工、销售棉花），所加工的棉花有的供应新绛纺织厂，有的则装船销往天津等地。逢集时，方圆十几里的老百姓都来赶集。日用杂货、农副产品等各种商品和物资应有尽有，十分热闹，人称"杨赵河"。日本鬼子侵华时，鬼子曾在码头上修筑过据点，弄得人心惶惶，百业萧条，使码头失去了昔日的繁荣。后来，汾河发大水，店铺和作坊皆被洪水淹没，码头街不复存在，集市以及部分店铺和作坊迁移到杨赵村。从此，自清末民初就开始兴盛的"杨赵河"消失了，但名称却仍在流传。

杨赵村是稷山县较大的村庄之一，我们家去的时候约有三千多口人，是杨赵人民公社的驻地。后来，公社机关以及公社所辖的供销社、信用社、邮电所、粮站等单位迁到管村，但名称均未变，都仍旧冠以"杨赵"名称。杨赵公社下辖十个生产大队（十个村），杨赵大队当时有十九个生产小队，我家落户在第十四队。

十四队是杨赵村最小的生产队，只有二十几户，八十余人，但和我年龄相仿的小男孩却有六七个，其中有四人上三年级，和我同班（当时杨赵学校三年级只有一个班）。上学时，几个人结伴而行，放学时又一起回家，关系很好。

当时的杨赵学校在北庙里（杨赵村有南庙、北庙及其他一些庙宇）。三年级教室由庙里的戏台改建而成。班里学生人数较多，桌椅都是学生自带的，五花八门，高低不一。还有一些学生没有桌子，就蹲在地上趴在长条木板或长凳上写字。我家既没有桌子也没有椅子，我只能空手去学校，所以没有固定的座位，哪里有空位我就坐在哪里。好在有些学生对上学不重视，经常逃学旷课，因而教室里常有空位，我也无须为座位而发愁。

那时候，重男轻女的思想很普遍，好多家长都不让女孩子上学，或只让她们上到小学三年级就不让上了。杨赵小学的四、五、六年级的学生，基本上都是男生，女生寥寥无几。对男孩子的学习有些家长的重视程度也不够。农忙时，有的家长就让孩子停学干农活，甚至就不上学。我所在的三年级纪律涣散，学生对迟到、早退很不在乎，想来就来，想走就走。有一次，我随小伙伴在集市上逛了一圈，上学迟到了。一个新来的男老师在上课，教室里很安静，我一时找不到空座位，只好蹲在最后一排，趴在长凳上，而且是面朝后，背向讲台。结果我们几个同学每人屁股上挨了一脚，并被勒令转过身来，面向黑板。这时我才反应过来，哦，这位老师真厉害！没过多久，学校开始整顿校风校纪，我们班被拆分成甲、乙两个班。这位老师没有教我们而是去教四年级，后来，据四年级的学生讲，这位老师把他们班学生治得服服帖帖。

我分在了三年级甲班，分班后我们搬到阎户（阎家祠堂）去上课。当时阎户的东厢房已被拆除，院子挺大，便于学生们活动。三年级乙班则搬到坡儿上一间孤立存在的房子里上课，出了门就是大街。我们两个班都孤悬校外，各自成了一个"世外桃源"。我的班主任是个青年男老师，叫宋月明，是受过师范教育的公办教师，教语文等课程，责任心很强，白天给我们上课，晚上就住在阁户里。我们班的纪律、学习等各方面很快步入正轨。一次考试，据说我考了全联区（全公社各村学校组成的教育机构）三年级第一名。

杨赵村北有一座水库，蓝汪汪一大片水，周围有芦苇、菖蒲等各种水草，水里还养着鱼。一条水渠自水库蜿蜒而下，水渠里常年有水，像一条晶莹剔透的玉带，从杨赵村的"东头"和"西头"中间穿行南下。"东头"也叫"东杨赵"，人比较少，只有第十八、第十九两个生产队。"西头"是杨赵村的主体。另外，村北还有一个小城堡，那里是杨赵村的第十三生产队。

杨赵村的土地有丘陵、平川和河滩地等。丘陵上有梯田，可种小麦，还有不少柿子树。西坡和东坡上有大片的旱地，每年种一季小麦，雨水充足时可获丰收。水库下游的平川地是一年可种小麦、玉米两季作物的水浇地，也种有一些枣树。不少盐碱地被改造成了稻田，还种有莲藕。汾河岸边的河滩地可种棉花。由于小麦在冬季也是半黄半绿的，所以，春、夏、秋、冬四季都有绿色。空气是新鲜的，水是洁净的。和江南的"山清水秀"相比，杨赵村也许稍有逊色，但绝对可以说是"景色秀丽"、"环境宜人"。

我刚到农村时，只要一出村庄，看到绿油油的、一望无际的田野，再加上蓝天白云和鸟语花香，就感到心旷神怡，十分陶醉。我常和小伙伴们一块做游戏、挖野菜、放羊、割草，认识了各种庄稼、家禽家畜以及许多花草树木和鱼虫鸟兽。什么动植物可以吃，什么动植物不能吃，什么动植物有毒，什么动植物可用药，我也知道了不少。有人说，城市的小孩"见多识广"，我认为那得看在指哪些方面。在动物和植物方面，绝对是农村的小孩"见多识广"。

我和小伙伴们常到水渠边玩耍，春天采花捉虫，夏天戏水摸虾。上三年级时，同班的阿毛说，他会游泳，各种泳姿都会，谁想学很快就能学会。放学后我和阿根就跟着他去了河滩，在界河里学游泳。谁知在界河与汾河的交汇处，水突然变深，把我和阿根都淹没了，我俩在水中挣扎了好长时间，喝了好几口水，才侥幸游到岸边。从那以后，有一年多的时间我都不敢再去河滩玩。但后来我还是学会了游泳，什么"狗刨"、"侧身游"、"撒手凫"（自由泳）、"漂死娃"（仰泳）、"潜泳"等各种泳姿都掌握自如。

上四年级时，原来分开的甲乙两班又合并成一个班，搬到了东校区。教室是村里新盖的，窗户大，采光较好。活动场地也比较大。我的班主任是杨哲仁老师，受过师范教育，教语文，字写得很漂亮，还会弹琴、唱歌，很有亲和力。他讲课、带班、管学生都很好，学生们都很敬畏他。他一直教我们到小学六年级毕业，是我最难忘的小学老师。我们搬到东校区后，宋老师改教我们数学，一直到我们毕业，也是我难忘的小学老师。

上五、六年级时，放学后我常和小伙伴们去河滩割草，每次一到河边，我们总是先跳到河里去游泳，游完泳才去割草。有一次游泳时，小伙伴阿狗突然在河中央呼喊求救。看到他慌乱之中逆水而游，虽然使出了全身的力气，但不仅没有前进反而在后退，我和阿根赶紧游过去，一左一右地护着他转了个弯，然后顺水游到岸边。

有一次，汾河发大水，河面由平时的几十米宽陡涨到二百多米宽，水流湍急，涛声震耳。我和好友阿祥决定冒险横渡，以锻炼我们的胆识和勇气，同时也检验一下我们的水性。当时我们想，既然我们没有机会去攀登珠穆朗玛峰，但如果能够征服突然发飙、桀骜不驯的汾河，那我们以后就不惧怕任何困难了。我们商定，一、要沉着冷静，时刻保持清醒的头脑。二、两人要保持较近的距离，以便相互照应。三、万一卷入凶险的漩涡或回水湾，要顺流靠边游出，切忌逆水而游。四、万一陷入泥潭，要采取躺卧的姿势，切忌垂直站立。五、万一谁出了事，另一人负责回去报信，并替对方孝敬父母。我们选定了横渡路线后便依次跳入了汹涌澎湃的激流。刚入水时，心情紧张，情绪亢奋，但我们努力保持正确的泳姿，调整呼吸，慢慢地就镇静了下来。我们挥臂蹬腿，招招式式都均匀发力，有板有眼地奋力向对岸游去。由于有水流的作用，我们向下游漂了一里多地后终于平安地到达了对岸。休息了一会儿后，我们又竭尽全力游了回来。返程时我们已没有了恐惧感，只是由于岸边陡峭，难以上岸，我们又向下游漂了百余米后才上了岸。

杨赵村人多地少，许多人家的粮食不够吃，一个劳动日才分四五角钱，是有名的穷村子。我家所在的第十四生产队，在全村十九个生产队中，不仅规模最小，分红、分粮在全村也处在下游，是村里的穷队。我们家孩子多，劳力少，是欠款户，又没有住房，是队里的穷户，所以，说我们家当时是杨赵村最穷的户之一并不为过。回想在稷山县时，父亲一个月挣四十多元钱，虽不算富裕但也过得去。最主要的是，那时全家人月月有口粮，基本上不用为粮食而发愁。而现在，父亲干一年不但一分钱得不着还欠生产队的钱。更主要的是，粮食不够吃，这是最大而且最不好解决的困难。前后相比，差别极大。在那些日子里，父母经常愁眉不展。好在我学习好，上小学那几年基本上年年考第一，家里挂了许多奖状，这是父母的骄傲，也是父母憧憬美好生活的希望。

我上小学的时候，正是学雷锋、学英雄的年代。方志敏、杨靖宇、赵一曼、刘胡兰、董存瑞、黄继光、邱少云、雷锋、王杰、欧阳海等英雄人物都是我们那一代人仰慕的偶像。学雷锋，做好事，把困难留给自己，把方便让给别人，吃苦耐劳，任劳任怨，不争名利，这些精神对我们影响很大。我还参加过稷山县学习积极分子代表大会，是全县唯一的小学生代表。参加会议的县领导还特意把我叫去询问情况。稷山县东街小学的校长还请我去给东街小学的学生作报告。

我上小学的时候，同学们就对国家大事比较关心。譬如，1964年，我国第一颗原子弹爆炸成功，我们也感到欢欣鼓舞；1965年，援越抗美开始后，有时候我们也会在村里的黑板上写一些相关的消息进行宣传。

1966年，我们小学毕业，我们班有六名学生考上了稷山县中学（即红旗中学），我是其中之一，还有六名学生考上了西社中学。之前杨赵村的学生考上县城中学的很少，有时候只有一两名，有时候连一名都没有。直到1965年，局面才有了改变，有五六个学生考上了县城中学，我们这一届学生又延续了较好的势头。

1966年至1969年，我在稷山县城上初中。初中毕业后，我的户口也落在了杨赵村（详情后叙）。

五、初中三年

1966 年，我考上了稷山县红旗中学。

红旗中学当时是全县唯一的公办全日制完全中学，是稷山县的最高学府，能考上这所学校是很不容易的，得到通知后，我兴奋了好多天，因为终于有了进一步上学的机会了。我从小就爱学习，爱上学，立志要上中学，上大学，学很多知识，长大后当工程师，当科学家。

初中入学时，每人要交费十五元，以后每月也得花费六七元钱。这让我的父母十分为难，因为家里经济太困难了，连粮食都不够吃，拿什么供孩子上学呢？正当我父母犹豫不定的时候，我的小学班主任杨老师对父亲说，这孩子学习很用功，把娃耽误了实在可惜。这样，杨老师从他微薄的工资中挤出五元钱资助我，父亲又筹措了十元钱，我才得以到学校去报到。当年杨赵村考到县城中学的六名学生中，有两人未去报到。

红旗中学坐落在稷山县城北面的坡上，距县城一里地左右。一进校门，是一条近百米长的宽阔整洁的马路。虽然是土路，但路面中央高，两边低，呈弧形，十分美观。黄土又有黏性，没有浮土，光溜溜的。下雨后，路面不存雨水，人踩到上面，几乎不粘泥。路两旁是几排又高又大的杨树，很有气势。学校的教室宽敞明亮，学生课桌是木质单人带斗桌，舒适实用。教室里悬挂着管状日光灯，上晚自习时，灯光明亮，不伤眼睛（杨赵村当时还没有电，学生上晚自习只能点煤油灯）。学校还有实验室、图书馆、医务室等科室，可谓设施齐全。虽然全校所有的房屋都是平房，但布局合理，错落有致。中部是教学区，西侧是男生宿舍区，东侧是女生宿舍区和教职工宿舍区。东北角是食堂，北侧是操场。操场有标准的 400 米跑道，还有好几个篮球场，还有单杠、双杠、联合器械等体育设施。学校还有苹果园、桃园、杏园、枣园、庄稼地、菜地等。春天百花争艳，秋天果实累累，如同人间仙境一般。唯一美中不足的是，不管男生女生、初中高中，学生宿舍一律都是大土炕。当然，这不能算是问题，在当时的经济条件下，能拥有这样的学校，已经相当不错了。况且从另一个角度讲，住宿条件差一点儿，还可以培养学生艰苦奋斗的精神呢。

红旗中学当时每年面向全县招收四个初中班和一个高中班。由于"文化大革命"，当年的初中毕业生和高中毕业生都未离校，高中未招新生，所以，我们入学后，学校共有四届初中生、三届高中生。初中是四十四班至五十九班，共十六个班。高中是高九班、高十班、高十一班，共三个班。我在五十六班。

根据当时的政策，考入红旗中学的学生入学时不论来自城市或农村，都把户口迁到学校，由国家统一供应口粮，粮食定量比城市居民的成年人还高。学校还有不少田地，种粮食和蔬菜，补贴师生。所以，虽然每月的伙食费只有六元九角钱，平均每天二角三分钱，但我感觉学校的伙食很好，吃得又饱又好，节假日还能吃上肉，比在家里强多了。

由于"十年动乱"，我们到1966年的12月1日才入学。刚入学时还照常上课，但两周后就不上了。

学校里贴了许多大字报、大标语，有涉及本校的内容，有涉及本县的内容，还有涉及全省和全国的内容。广播里经常播放慷慨激昂的革命歌曲。原来的学校领导都被打倒了，"工作组"也靠边站了，一些"右派"老师和"牛鬼蛇神"天天在田间地头干活。我们刚入学的新初一学生年龄小，不懂事，没参加组织，不写大字报，也不参加什么"行动"。但时间长了就不行了。有人说，不参加"组织"，就是"不积极参加革命"，就是"立场有问题"、"思想落后"。对一个人的前途来讲，这可是个大问题。听到这样的说法，新初一的学生慌了神，纷纷去申请参加"组织"。最后，除了极少数人之外，绝大多数学生都参加了红卫兵。

我上初中三年，实际上课的时间大概只有几个月，当时叫作"复课闹革命"。不上课时，我基本上在家待着，给家里省点儿钱。上课时，我也不能天天去。家里没钱时，拿不出伙食费我就不去上学了。但我的学习不比别人差，我经常自己看看书，再问问别的同学，就把落下的功课补上来了。有些天天去上学的同学还没我学得好。

那时候经济条件差，上中学的学生，有自行车骑的是少数，多数同学上学或回家靠步行。每星期六学校只上半天课。午饭后，成群结队的学生不断从学校拥出，分散到全县各地，第二天再从全县各地返回学校。在当时，这些充满朝气的人流也应该算是县城的一景。

杨赵村离县城二十里地。我上了三年学，来来去去，除了有时候沾同学的光，搭乘人家的自行车外，更多的时候是步行，一趟两个多小时。我一般是和几个同学结伴，一路上有说有笑，边走边欣赏沿途美丽的风光，也不觉得有多累。那时候天蓝、水净、空气好，自然环境确实不错。从杨赵村到县城，除了树木、庄稼、花草、村落等景色外，在下费渡口还能看见蜿蜒曲折、奔腾不息的汾河。另外，沿途还经过好几道溪水。其中最大的是下廉村的溪水，两米多宽，一米多深，清澈透明，源源不断。另外，涧东村的溪水也不小。就连公路两旁的壕沟里也常年有水，也有鱼虾，有时还能碰上截水捞鱼的。当然，再好的美景也不能代替腿脚的劳累。有的时候，我们也会一边走一边做着童话般的想象：假如天上能掉下一辆自行车，那该多好啊！

上初中那几年，我上课不多，但看小说不少。当时流行的长篇小说《红日》、《红岩》、《苦菜花》、《烈火金钢》、《吕梁英雄传》、《林海雪原》、《敌后武工队》等，我都看过。有时候除了吃饭和睡觉，我能一天连续看十几个小时，即便感觉昏天黑地，两眼冒金星，也不肯罢手。

当年的红旗中学有两个队特别有名，一个是学校的篮球队，另一个是学校的铜管乐队。当时，稷山县经常举行篮球比赛，而每次比赛最终都是红旗中学代表队和县粮食局代表队争夺冠军。每逢此时，总有数百名学生观战助威。中学队队员年轻，身体灵活，速度快，快攻打得漂亮。粮食局队队员年龄大，经验丰富，善打阵地战。两队队员和教练相互斗法，各显神通，比分胶着，场面十分好看。不过，最终总是粮食局队略胜一筹，以微弱的优势获胜。红旗中学的铜管乐队当时是全县最大的铜管乐队，高音、中音、低音，号种齐全，总共几十件，吹起来声音响亮，气势恢宏，震撼人心。那时候，只要有重大活动，红旗中学出动时，前面总有几十面红旗引导，紧接着是气度非凡的铜管乐队，后面是数百人的学生队伍。那种气势绝对是其他单位或组织无法比拟的。

1966年至1969年，原有的社会秩序和生产秩序被打乱了，最乱的时候，武斗严重，学生不上课，工人不做工，职员不上班，许多业务尖子被打成"反动学术权威"。粮食不够吃，各种物资奇缺，城市里买什么东西都要票。

在我的记忆里，60年代后期到70年代初，这几年是我们家最困难的时候。一是粮食不够吃，每年都东挪西借，凡是沾亲带故的都借遍了，最困难的时候，吃了上顿没下顿，差点儿去讨饭。二是有一年我母亲得了淋巴腺炎，无钱医治，差点儿丧命。三是我家没房住，1968年村里给批了一块宅基地，我家在上面盖了一座土窑洞，除了门窗，上下全是土的，没有一块砖，没有一片瓦，没有一根木。一到雨季全家人就提心吊胆。好几年后我家才在上面加铺了瓦。那座土窑洞存在了十八年，在三弟结婚的第二天，还出现过一次塌顶事故，幸好没有砸着人。

1969年，我初中毕业，当时的政策是"哪里来，哪里去"。入学时，我的户口是从新绛迁到学校的，是城市户口。但由于家庭矛盾，毕业后我不能迁回到新绛，在稷山县也没能及时找到合适的工作。我当时不够十八

六、民办教师

初中毕业后，我就在杨赵村参加生产劳动，刚开始时我好多活儿都不会干，即使会干的也干不好，没办法，只好硬着头皮，慢慢学，慢慢来。另外，初中毕业时我才十六岁，力量不够，只能干一些辅助性的活儿。随着时间的推移，我逐渐学会了干农活儿，而且除了摇耧等技术性很强的活儿外，其他各种脏活累活都干过，譬如挑大粪、拉小车、人力拉耧种麦、用镰刀割麦子、交公粮扛麻袋、用铁锹翻稻田、人工水稻插秧、三伏天钻在比人高的玉米地里拔草施肥、用小镢头刨玉米秆、人力提水浇庄稼，等等。这些磨炼使我学到了不少农业生产知识，同时也强健了身体，养成了不怕苦不怕累的习惯。

1970 年 8 月，我担任了第十四生产队的会计，1971年又干了一年，其间我学会了最基本的财务收支管理，为我日后当中学校长管理财务奠定了基础。

岁，人家又不给单独设户，[...]
月。没办法，最后我只好把户[...]
户口落在一起，也由城市户口变[...]

那时候城市户口和农村户口的[...]
家给具有城市户口的居民供应口粮。[...]
但总是月月有粮，心里不慌。二是国家[...]
的青年人解决工作问题。一个职工当时[...]
的收入，比农村人强多了。像杨赵村，一[...]
个月，才折合十几元钱，还是年底算账。另[...]
活儿重，粮食也不够吃。有些事情就是这样，[...]
曲曲折折不能完全由着自己。

1971 年年底，杨赵村由十九个生产小队调整为十一个生产小队。

1972 年 1 月，我到杨赵学校任民办教师。当时国家的政策是小学归村办，由"贫下中农"管理学校，国家还负责公办教师的工资和必要的办公经费。民办教师除了挣工分外，每月国家还给六元钱的补助。当时，杨赵村管学校的大队干部姓兰，学校校长姓景。

杨赵学校当时有十几名民办教师，比公办教师人数还多。我先是管总务，三个月后开始教课，教过五年级算术及一年级各科，其中教一年级时成绩突出。在联区统考中，全班三十多名学生中有十七名学生算术得了满分。

新中国成立后，我们国家和苏联关系比较好，各级学校开设的外语课基本上都是俄语。到 70 年代初，国际形势发生了重大变化，中美两国关系和解，国家决定在各级学校普遍开设英语课，但英语教师奇缺。1972 年冬，杨赵学校派我参加了稷山县英语教师培训班。我上初中时只学过几天俄语，对英语一窍不通。好在培训班里大多数人和我一样，都是一点儿基础都没有，所以老师讲得很细，学习进度也很慢。我非常珍惜这次培训机会，上课时认真听讲，认真记笔记，上自习时又是读又是写又是背。课本上的每个字母、音标、单词、句型、课文、课后练习我都读写几十遍，以达到会读、会背、会默写的程度。那些日子，除了吃饭和睡觉，我几乎把所有时间都用到了学习上，再加上我年轻，记忆力又好，最后我成了班里成绩最好的学员之一。经过两个多月的培训，我们学完了初中英语第一册。1973年春，我回到杨赵学校教初中英语，并且一边教第一册一边自学第二册，一直到1973年8月。

大约从1972年春天起，我和几个年轻的民办教师利用晚上业余时间，在一起自学初中的数学、物理、化学课程。遇到疑难问题大家就一起讨论，进步都很快。只可惜其他人没坚持多久，后来只剩我一人挑灯夜读了。

听说大学要恢复招生，还要通过考试的消息后，我的学习积极性更高了，每晚都坚持学习两三个小时，而且把星期日和假期也用上了。我学习的效率很高，基本上每个晚上或半个白天学习一个单元，标准是内容全弄懂，习题全部会做。到1973年上半年，我自学完了当时初中的全部数、理、化课程，即初中数学第一册、第二册；初中物理第一册、第二册；初中化学全一册（当时小学是五年制，初中是二年制，高中也是二年制）。同时，我把高中数学也自学了大约一章。另外，我还关注语文、历史、时事政治、教育改革、招生政策等方面的知识和动向。可以毫不夸张地说，我当民办教师那一年多，比上初中那三年的收获大多了。上初中那三年，我们没怎么上课，只是徒有虚名，而当民办教师那一年多里，除了工作外，我还实实在在地学了不少文化知识，而且锻炼出了较强的自学能力，受益几十年。

1973 年，大中专院校开始大规模招生。当时对学历的要求是初中以上，但必须经过两年以上的实践锻炼，而且是推荐选拔相结合。所谓选拔其实就是考试。

自 1966 年起，各类学校都没有好好上课，学生的文化基础很差。甚至有不少学生名义上是初中或高中毕业，但实际上对初中或高中的文化知识一点儿都不会。听说大中专院校招生要考试，许多人都不敢报名。杨赵村当年连我在内一共只有四个人报了名，公社给了三个名额，有一个"成分不好"即"家庭出身不好"的被淘汰了。公社组织了一次考试，初中各科的题我都会做。被推荐到县里后，又进行了一次考试，初中的题我也都会。最后还进行面试，老师提问了一个数学问题和一个化学问题，我全部答对了。老师还让我当场写了一个小作文，我感觉写得也不错。最终我被山西师范学院（今山西师范大学）数学系录取，圆了我的大学梦。

后来从报纸上得知，和我同年参加考试的辽宁省考生张铁生考试时交了白卷，但在试卷的背面写了一篇文章，大概的意思是说，他是农村的生产队长，一心扑在生产上，没时间复习功课，所以不会答题，如果他专心复习一段时间也可以考个高分。张铁生因此被捧成"反潮流的英雄"。从 1974 年起，大中专院校招生便取消了考试，只剩下"逐级推荐"了。

　　我在杨赵村度过了人生美好的少年时期和青少年时期。虽然那时候经济困难，经常为填饱肚子而发愁，但我的身体逐渐强壮，我的心理逐渐成熟，我的精神朝气蓬勃，积极向上。艰苦的条件和淳朴的民风培养了我吃苦耐劳、任劳任怨的品质，奠定了我一生的道德基础和意志品质基础。当民办教师的经历是我教育生涯的开端。从那里我跨进了高等师范院校的学堂，毕业后正式成为一名教育工作者。不管我日后走到哪里，我都清楚，我是从杨赵村走出来的。

七、大学生活

山西师范学院的校址在临汾。

临汾在山西省的西南部，现在是地级市，辖一个区、十四个县和两个县级市。辖区西部属吕梁山脉，东部有太岳山和中条山，中部是临汾盆地。黄河是临汾市的西边界。汾河从原临汾城区（现属尧都区）西侧穿过。临汾古称平阳，历史悠久，是华夏民族的重要发祥地之一。据考古专家推定，大约十万年以前，临汾市襄汾县丁村一带就有"丁村人"繁衍生息。《帝王世纪》称，"尧都平阳"，即说当年尧的都城在现今的临汾。春秋时，诸侯国晋的都城在今临汾市所辖的翼城、曲沃、侯马一带。战国初，韩、赵、魏三家分晋，韩建都平阳（今临汾）。西晋时，平阳（今临汾）还曾为刘渊所建的汉国的都城。临汾市现有尧庙、晋国遗址、洪洞大槐树、丁村民宅、吉县黄河壶口瀑布等名胜古迹和旅游景点。

山西师范学院是主要培养中学师资的高等院校，学校原本有一个花园般的校园。我们上学时，山西师范学院所占的地方，实际上是原临汾师范学校的校址，在临汾城的西南角，与铁佛寺为邻。校园里高低不平。高大雄伟的临汾城墙是学校的西边界和南边界，操场建在城墙下的凹地里。学校的道路都是土路，下雨后十分泥泞。我们入学时，学校只有一栋新建成的教学楼，还有一座由北、西、南三栋两层房围成的三合院，当时是男生宿舍，其他都是平房。有两栋学生宿舍楼正在建设中。后来，男生搬到了新建成的学生宿舍楼里，女生则由平房搬到了三合院里。

山西师范学院当时设有中文系、政史系、数学系、物理系、生化系、地理系、体育系、外语系等，有的系每年招两个班，有的系每年招一个班，每个班四十人左右。我们是"文革"以来招收的第二届学生。我们入学后，数学系通过摸底考试，把基础好的大都编入了7303班。我所在的7304班中除了少数几个是老高中的学生外，有一些是1972年、1973年毕业的新高中毕业生，还有一些是初中毕业生。

我们上大学时，不用交任何费用，学费、杂费、住宿费什么费都不用交，只交一项伙食费，每月十五元。这个标准在当时算是比较高的，但从农村来的贫困学生都有助学金，最高的每月十九元，还有十七元、十五元的。没有听说有因经济困难而上不起学的。我享受的助学金是每月十九元，扣除十五元伙食费后，每月还能领四元零花钱。当时，一支牙膏才几毛钱，一支牙刷也是几毛钱，因此，四元钱可以解决不少问题。

我们班的学生来自全省各地，其中还有一些是到山西插队的北京知青，入学时最小的十九岁，最大的二十六岁。多数同学操当地的方言，呜哩哇啦很不好懂。我在杨赵村当民办教师时，由于教学需要，对汉语拼音以及声调有较深入的研究，听广播时我也注意学习普通话。另外，杨赵学校也有北京知青任代课教师，我也经常与他们交流，所以讲普通话有一定的基础。上大学后，考虑到将来要当教师，大学期间是练讲普通话的大好机会，我便下狠心改用普通话和同学们交流。虽然有些语句不是很标准，但除了北京知青外，一般的同学听不出来，当他们得知我来自稷山县时，都有点儿惊讶。多年后，我到河北任丘以及北京当教师时，别人从口音上听不出我是山西人。上级对教师进行普通话考核时，我也一次过关。我所认识的教师中的有些人就是因为讲方言，教学效果大打折扣。

我们数学系的主要课程是数学和物理，另外还开设了党史、马列、哲学、教育学、体育、英语等课程。其中数学课我们是从初中数学开始学起的，但进度比较快。班里有些同学学习有困难，但老师们很有耐心，不厌其烦地讲解和辅导，有时候晚自习时也到教室来辅导，同学们深受感动。我在当民办教师时，已经自学完了初中的数、理、化全部课程，所以开始阶段还算轻松。于是我抓住机会，超前预习，老师讲初中课程时，我已开始自学高中课程，老师讲高中课程时，我已开始自学大学课程。快毕业时，我的学习成绩在班级算是比较好的。我还坚持按时交作业，受到老师的表扬和同学们的肯定。毕业实习时，多数同学都被分配到中学去实习讲课，只有少数几个学生随老师参加了一个科研项目的调查研究，我是其中之一。

我们上学时提倡"开门办学"，就是结合课程特点，到相应的工厂、农村等基层单位去上课，一边学习一边劳动，探索"教学与生产劳动相结合"的途径。譬如，在学习数学的"优选法"时，我们到侯马的橡胶厂、冶炼厂、挂面厂等单位去了解各种各样的配方配比以及求得最佳配方配比的过程；在学习物理的无线电课程时，我们到长治无线电厂边学习边实践。那时对农村急需的"三机一泵"十分重视。所谓"三机一泵"就是柴（汽）油机、电动机、拖拉机和水泵。上学三年，我们还曾到新绛纺织厂、运城拖拉机厂、临汾动力厂、夏县电机厂等单位去开门办学。我们还曾到驻侯马的解放军航空学校去学军，到翼城的农村一边上测量课一边搞实际测量。我个人认为，这些经历对将来要当教师的师范院校学生大有好处，一方面开阔了他们的视野，拓宽了他们的知识面，使他们对工农业生产有了更深的了解；另一方面培养了他们理论联系实际的好习惯。而知识渊博并且能理论联系实际，是一个好教师的必备条件。我个人在日后的教师生涯中对这一点深有体会。

我当时是我们班团支部宣传委员，也是数学系团总支副书记。班级出黑板报，我是主要筹办者之一（王班龙、王新虎等同学也是主要筹办者）。我的字不好看，主要负责稿件的挑选、修改、版面安排等事项。因为一般的文章都比较长，而黑板报容量有限，所以必须缩减。在缩减文章的时候，既要突出原文的主要观点，还要尽量保留原文的主要风格，这实际上就是缩写，而这种缩写的难度有时候和重新写一篇文章差不多。干这些活儿虽然辛苦一些，但对我们也是一种锻炼。我们班和7303班一起到侯马开门办学时，两班合出了一份小报纸，我是主要编辑之一。虽然是钢板刻字、油印的小报，但内容和形式都很吸引人。我也进一步得到了锻炼。多年以后，我参与编辑过几期《东风中学报》、《华油三中报》，用电脑排版打印，效果很好。这些都得益于我上学期间出黑板报、编小报时打下的基础。

班级搞文艺演出时，我是积极参加者之一，譬如小合唱什么的，凡是有男生的节目基本上都有我。有一次，

7303 班下乡时，要和当地的村民合演文艺节目，我被借去临时排练了一个眉户剧小戏。戏中只有一男一女两个人物，7303 班的一个女生演女角，我演男角，村民伴奏，这个节目演出后受到了各方好评。1976 年前后，为了纪念红军长征胜利四十周年，数学系七三级两个班排练《长征组歌》（吴磊指挥），我积极参加，用心学习，使我对合唱艺术有了一定的了解，也对《长征组歌》有了较深的感情。1996 年，我任华北油田东风中学校长时，组织全校师生纪念红军长征胜利六十周年，并组织全校师生排演《长征组歌》，获得成功，在华北油田东风村（现东风社区）一带引起轰动。

在杨赵村时，父母反对我打篮球，认为太消耗体力，多吃粮食。上学后，没有了任何顾虑，我每天早晚锻炼两次，天天打篮球。我身体灵活，投篮准，但个子矮，对抗能力差一些。我们班除了葛永宁和王杰两名主力外，我也算是"上场队员"之一。不过由于我们班实力有限，各种比赛基本上是输多赢少。但有一次，我们班到翼城开门办学期间，和当地的一所农村高中学生比赛篮球时，我们有明显优势，我也多次投篮命中。最后我们赢了球，在班级同学面前露了脸。

我来自农村，劳动时从不惜力。有一次，我们班到学校的农田去抱玉米秆，我不怕脏，不怕累，抱得多，跑得还快。还有一次，我们挖地基时，我和王姓同学干完了自己的活儿后，还主动帮助别人，给同学们留下了好印象。

在我们上学的那个年代，提倡教育为农村服务，为基层服务。有一年放暑假时，在张学英同学的牵线下，我们组织了一个测量小分队，利用数学系的平板测量仪、经纬仪等仪器，义务给临汾郊区的一个村庄（村名忘记了）测量、绘制了一张地形图。我担任测量小分队的队长，曹晓荣同学担任指导员，成员除了上述三人外，还有秦素英、张宝莲、崔双光、王新虎、曹馨等同学。对于工作步骤、技术要求、仪器和其他物资的准备、与村干部及有关方面的接洽等，各项事务我们都得精心安排，认真实施。除了"夜间用经纬仪测定正北方向"由于之前我们没有实际操作过，由我们下一届的王安生同学（也是稷山县人）帮忙进行外，其他工作都是我们独立完成的。测量过程中，我们顶烈日，冒酷暑，早出晚归，没有一个同学叫苦叫累。经过十多天的辛勤劳作，在全体小分队成员以及大队派给我们的辅助人员的共同努力下，在教测量的王老师以及系领导的支持下，我们圆满地完成了预定的测绘任务，并在驻临汾的 213 地质队核查、标注实际海拔高度后晒制了蓝图。地形图是制定发展规划图的基础资料，对于搞农田基本建设、减少水土流失也有重要作用。当时国家正在搞工业学大庆、农业学大寨、全国人民学习解放军。而农业学大寨的其中一项内容就是大搞农田基本建设。我们这次活动受到了该村干部和群众的赞扬，也受到了同学、老师和学校的好评。

总而言之，上大学期间，我在各方面都有较大的进步和发展，得到了班级同学的认可和尊重。

八、教育生涯

1976 年应该是中国的多事之年。

1 月 8 日,周恩来总理逝世。

4 月 5 日,"天安门事件"爆发。随后,邓小平又一次被撤销职务。

7 月 6 日,朱德元帅逝世。

7 月 28 日,唐山大地震,二十多万人死亡。

9 月 9 日,毛泽东主席逝世。

10 月 6 日,粉碎"四人帮",举国欢庆。

1976 年 7 月,我从山西师范学院毕业,分配到稷山县杨赵中学当教师。当时学校校长姓阎,教务主任姓薛。

杨赵中学校址在管村,1975 年创办,每年招收两个高中班。学生来源主要是杨赵公社,另外还有城关公社在县城以东的东渠、桐下、下廉等几个村庄。我刚去时教政治、农业基础知识、物理等课程,几个月后开始教数学。

之前很长一段时间，由于各种原因，很多学校的学生基本上没有上课，有些虽然在上课，但受各种影响，许多学校不敢抓教学质量，不敢进行考试，不敢严格管理学生，所以教学质量不高，但那几年教育普及的速度却很快，"初中下放到村办，高中下放到公社办"。1966年以前，全县只有稷山红旗中学每年招收一个高中班。1976年时，稷山中学（即稷山红旗中学）由以初中为主的完全中学变成了高级中学。清河中学、翟店中学、化峪中学、西社中学等学校，也由初级中学变成了高级中学，另外还新成立了杨赵中学和蔡村中学两所高级中学。让更多的农村孩子接受高中教育这个目的达到了，但教学质量，特别是数学、物理、化学、生物等学科的教学质量难以达到高中的水平。

1977年10月，国家决定恢复中断了十年的高考制度。10月份公布方案，12月就考试。各省自己命题，没有考试大纲。学生和老师们都感到既兴奋又措手不及，因为考试的范围不知道，考试的重点不知道，考试的难度也不知道。无法制订复习计划，考生只好根据个人的情况复习到哪儿算哪儿。能不能考上基本上全靠自己原有的文化基础。那年参加考试的学生很多，有高中刚毕业的也有高中毕业十年的，有未婚的也有已婚并当上父母的。那年录取的比例很低，大概是百分之四点多。

1978 年，我教高二（当时高中是二年制）理科班数学，直接面对高考。我当时只有半年的准备时间，既要结束新课还要进行总复习，教学压力很大。好在有 1977 年的高考题作参考，复习范围相对好掌握些。那年运城地区教育局组织了一次数学竞赛，全区统一命题，统一考试时间。各县统一监考，统一阅卷。我教的学生有一个获得了稷山县第二名，另一个获得了第六名，在稷山县教育界引起了轰动。有意思的是，得第二名的学生是我四弟，1978 年他考入了太原重型机械学院。我三弟在稷山中学高中毕业后，回村参加劳动，还当过生产队会计，中断学业几年后，也到杨赵中学来复习，1979 年考入稷山师范学校，参加工作后又考上了运城教育学院。算上我哥（1964 年考入山西农学院）和我，我们兄弟四个都上了大学，这当时在杨赵村乃至十里八乡都是个稀罕事儿。那几年，我父母特别开心。

我在杨赵中学工作了四年多，其中从 1978 年到 1980 年连续三年教高二理科班数学。那几年，学生们废寝忘食，拼命学习，老师怕学生的身体垮了，总是在下午课外活动时把学生从教室赶到操场上，让他们活动。晚上熄灯时，又把学生从教室赶到宿舍，让他们按时休息。老师们的教学压力很大，工作也很辛苦和紧张。我每天从早到晚，把所有时间都用到工作上，而且星期日还主动义务加班，给学生补课半天（当时法定每周休息一天）。有时碰到一些自己解不了的难题，我便主动向老教师请教。经过几年的锻炼，我把当时数学高考的内容弄得滚瓜烂熟，将所有的概念、公式、定理以及基本的解题思路都熟记于心，不管学生问到哪儿都能对答如流。有些教数学的同行碰到难题也愿意找我一块研讨。那几年，杨赵中学每年都有一些学生考上大学或中专，其中也有我的一份辛劳。

1981 年 1 月，为了解决夫妻两地生活的困难，我调到华北石油会战指挥部机关二校任教。当时学校的党支部书记姓朱，校长姓孙。

华北石油会战指挥部的驻地在河北省任丘县（现任丘市），油田所在的区域也称"华北油田"或"任丘油田"。

当年，任丘油田的发现曾引起中国石油界巨大的轰动，被认为是"抱了一个大金娃娃"，其特点是储量丰富，产量高，曾创出单井日产原油二千多吨的奇迹。在"大会战"的背景下，大批的石油职工从全国各地云集华北，随之而来的还有大量的职工家属和子女，学校的数量和规模也因此而迅速发展。在这种情况下，我有幸成为了石油企业创办的学校中的一名教师。

机关二校的校址在东风村。东风村其实是油田各单位的农场基地以及随矿家属聚集地。那里盖了许多排平房，供职工携家属居住，机关农场、研究院农场、商业公司农场、医院随矿家属以及测井公司、筑路队（后更名为事业处）、钻研所、党校、冷冻厂等单位都在那里。后来又增建了体育场等设施，人气逐渐见旺。

机关二校是融小学和初中为一体的九年制学校，我刚去时被安排教初一数学。因为有前几年教高考理科班的经历，在数学知识方面我感到很轻松，于是我把主要精力放在了提高自身的教学基本功以及课堂教学效果上。

教学基本功首先是语言功底。一要讲普通话，如果用山西方言给来自全国各地的学生讲课，效果肯定不好。二要声音洪亮，要让整个教室的学生都听得清楚。三要语速适中，要有板有眼，抑扬顿挫要拿捏得好，并配有恰当的手势。四要语言精炼，不能有"哼"、"哈"、"啊"等多余的语缀和语病。在阐述数学概念等关键时刻，多一个字不行，少一个字也不行。为了达到上述目的，我在写好教案后，总要在心里默讲几遍，必要时还在没人的地方出声试讲几遍，以求达到最佳效果。除了语言练习之外，我还认真钻研教材，努力提高驾驭教材的能力。在杨赵中学教高考理科班时，做难题是重要的方面。而现在教初一，重要的是要讲清概念，让学生掌握基础知识和基本技能，所以要高屋建瓴，深入浅出，用浅显、准确、精炼的语言讲清数学原理。这其中包括教学目的要明确，重点要突出，难点要有化解措施，要精选例题和练习题，要循序渐进，注意新旧知识的衔接，要尽可能地理论联系实际，要及时地总结、归纳和复习，要合理地安排教师讲解和学生练习的时间，要在教学的各个环节都注重启发学生的思维，调动学生的学习积极性。另外，我还注意练习写粉笔字，力求板书工整。经过努力，我感到我的教学基本功有了明显提高，教学效果也比较好。我讲了几次公开课，反响也不错。

1982 年，机关二校初三年级共有三个班毕业。我教这三个班的代数，范姓老师教这三个班的几何。那年这几个班中考数学取得了骄人的成绩，有四个学生的数学得分在九十分以上，其中杨姓同学得了九十九分，是全局（华北石油会战指挥部已于 1981 年 6 月更名为华北石油管理局）学生数学最高分。巧的是，杨姓同学的家长在研究院计算机室上班，和我爱人同在一个科室，我们相互都认识，所以，杨姓同学以及我校学生的数学成绩在东风村和研究院一带引起了轰动。听说，外校的一位数学老师，还专程到东风村去看望了杨姓同学，想亲眼见见这个学生到底长什么样，与一般的学生有什么不同。其实，从外表上看，这个学生和其他学生差不多，并没有什么特别之处。

1983 年，我再教初三代数，学生在中考中又取得了好成绩，其中王姓同学中考总分得了全局第一名。巧的是，王姓同学的家长也在研究院计算机室上班，我们也都认识。经过两年的中考，我在机关二校站稳了脚，我的教学能力得到了学校及家长的认可。

机关二校和机关一校同属局机关，是兄弟学校，自然存在着竞争关系。那几年，机关二校的各科中考成绩以及体育运动会成绩都不错，在两校竞争中，渐渐由居下风转变为旗鼓相当。

1984 年 7 月，局机关精简人员，机关二校划归测井公司，其中学部扩展为"华北石油管理局测井公司东风中学"（简称东风中学），迁到了新建的教学大楼里。小学部扩展为"华北石油管理局测井公司东风小学"（简称东风小学），仍留在原校址。那时，我被任命为东风中学副校长。

东风中学有初一、初二、初三三个年级，每个年级六至八个班，高峰时学生近千人，教职工九十多人，是华北油田规模较大的初级中学之一。

东风中学成立后的第一件大事就是搬家。学校成立了"青年突击队"，由体育教研组组长蔡永胜老师担任队长。我和体育、数学、理化生、语文以及其他一些学科的青年男教师积极参加。我们这些文质彬彬的"教书先生"，利用暑假时间，肩扛人抬，把学校的库房物资、体育器材、实验器材等大件物品全部搬到了新教学楼上。库房的大柜子，物理、化学、生物实验室的柜子以及实验桌，还有图书馆的大书柜，非常难搬，个头大，重量沉，人少了搬不动，人多了上楼梯施展不开。七八个人抬着一个大件，沿着曲曲折折的楼梯（没有电梯），几乎是一步一挪地蹭到楼上，有些还得搬到三楼、四楼或五楼。那时候讲奉献，干活没有加班费。天气炎热，老师们个个汗流浃背，但没有任何怨言。

我在东风中学担任了十年副校长，协助校长抓教学工作。前一两年，由于我刚从教师岗位走上领导岗位，资历浅，经验不足，在教学管理上发挥的作用并不是很大。孙生勋同志从测井公司返回我校并重新担任校长后，我在教学管理方面开始发挥应有的作用（王松同志任校长期间也是如此）。我们秉承让学生"德、智、体、美、劳"全面发展的理念，精心组织教学，积极探索教改之路，加强教师队伍的建设，努力做好学校的各项工作。

我充分发挥我精通数学，熟悉物理，并对语文、政治、生物、化学、英语等学科有一定研究的特长，经常深入课堂，听课评课（每学期大约四十多节），与各科老师探讨教学中的一些问题，在思想上和业务上与老师们打成一片。

我和中国科学院心理研究所取得联系，采用卢仲衡教授主编的数学教材，开展"自学辅导"教学实验，先后有董秀芹、柏昌庚、吕振峰等老师参与实验。其中，吕振峰老师执教时间最长。从近期效果看还是不错的，学生的自学能力有所提高，中考的数学成绩也不错，侯姓学生参加数学竞赛，得了河北省第一名（吕振峰老师是辅导教师)。

那些年，在教学研究中，我也写了一些论文，发表在《华北石油教学研究》上，如《谈"乘方"的定义》、《对初中几何教材中"连接"定义的异议》，还有我撰写的《数学教改实验总结》是以"测井中学数学组"名义发表的。后来，《华北石油管理局中小学校长论文集》里也收录了我的《谈培养学生创新精神的途径》等论文。

多年来，东风中学的各项工作一直不错。除了个别年份外，中考成绩基本上一直处在中等或上等水平，学生参加各学科竞赛以及体育运动会，多次取得优异成绩。

1994 年 7 月，我担任了东风中学的校长，负责学校的全面工作。我工作的重点是：营造和谐、积极向上的教学环境，最大限度地提高教师的工作积极性，努力提高教师的教育教学水平，全面提高教育教学质量。

在教师的管理上，我不搞"关、卡、压"，而是坚持在思想上和业务上与老师们打成一片，做老师们的朋友和知心人。老师们有什么想法，我能理解。我有什么想法，老师们也能理解。学校的工作计划，在和谐融洽的氛围中，得到了较好的贯彻和执行。

在学生方面，我们重视学生的体育、德育教育，坚持让学生全面发展，譬如，在教学中，我们除了重视中考所考的科目外，其他的非中考科目我们也开足课时，保证质量。教材中规定的实验全部开齐，提高学生的动手能力。重视学生的养成教育和身心发展。我们还在学生中开展了军训等教育活动，譬如，到烈士陵园扫墓、举办纪念红军长征胜利六十周年报告会和文艺演出等，都收到了较好的教育效果。其中，在军训活动中，政教主任张成东发挥了重要作用；在师生同时演出《长征组歌》活动中，音乐教师张巧灵发挥了重要的作用。

我校每学期都组织若干次公开课，同科、同年级的老师必须参加，同时号召其他科老师积极参加。这样，老师们可以互相学习，互相借鉴，不断提高课堂教学水平。

针对我们学校规模较大、平行班较多、教学评价难度较大的特点，在教学管理中，我采用了"相对比较"的思想，即在评价两个班的教学情况时并不单纯看分数高低，而是主要看"在原基础上的相对变化"。譬如，某班上次考试成绩在全年级排第六名，这次考试成绩在全年级排第四名，我们就认为它"前进了两个名次"；如果上次考试成绩全年级排名第二，这次全年级排名第三，我们就认为它"后退了一个名次"，等等。在我爱人的帮助下，我编写了"东风中学分数统计系统"计算机软件（软件编写及初期运行始于我任副校长期间）。我借助计算机，又快又准地把"相对比较"的思想付诸实践。结合缜密的期中、期末考试安排（交叉命题、交叉排考位、密封试卷、流水阅卷、计算机登统分析等），在教学管理中发挥了重要作用，使教学评价和反馈更加及时、公平和公开，减少了因学生基础差异以及命题、排考位、监考、阅卷、学生的转入转出（计算机自动处理）等各种因素对教学评价的影响，提高了教师对评价结果的信服度，极大地调动了教师的工作积极性。

经过全校教职工的不懈努力，学校基本上形成了和谐、积极向上的教学环境，教师队伍老中青相结合，业务水平较高，工作责任心较强，初一、初二、初三各年级的教学质量，都扎扎实实、稳步提高。

1998 年 1 月，我奉调到华北石油管理局教育培训中心研究院学校任校长。该校是小学、初中九年一贯制，每个年级两个班，全校有十二个小学班和六个初中班，共计十八个教学班。中考成绩一直不错。

我自从 1981 年调入华北油田起就住在研究院，每天骑自行车到东风村去上班。我中午回家用餐，所以每天两去两回，一共在路上跑四趟，有晚自习值班时，晚上还要多跑一个来回，每趟路途需十几分钟。平时没什么，只是刮风、下雨、下雪时要辛苦一些。我到研究院学校上班后省去了每天的路途劳顿。

我在研究院学校干了三年，学校的教育教学工作开展正常，基本上完成了上级下达的各项工作指标。我还在初中部开展了军训活动，使学生的吃苦耐劳精神、组织纪律性以及集体主义观念有了提高，但在学校干部协调方面还存在不足。

2001年1月至2001年6月，我在华北石油管理局教育培训中心第三中学任教师。之后，我在北京世贤学院附中、北京市第二体育运动学校、北京市第一体育运动学校、北京体育职业技术学院等学校任代课教师。2013年11月，我在华北油田退休（华北石油管理局教育培训中心已更名为"沧州教育局石油分局"）。

"华北油田"原来隶属于"石油部"，是国有企业，改制后隶属于"中石油"，后又上市，是国有控股企业。我一生在那里工作的时间最长，应该算是"石油人"。"石油人"当年最讲究"不怕苦、不怕累、克服困难、为祖国建设做贡献"的"铁人精神"，经历过那个时代的人肯定对此难以忘怀。

九、我的家人

　　我爱人叫张晓燕，北京人，她父母是 20 世纪 30 年代参加革命的老干部。1968 年，"知识青年上山下乡接受贫下中农再教育"在北京等大城市迅猛展开。那年她才十七岁，初中毕业两年，但未离开学校。和大多数年龄相仿的同学一样，她思想单纯，积极向上。她渴望摆脱学校的束缚，到农村这个广阔的天地"大有作为"，因而高高兴兴地成为了北京市东城区第一批插队知识青年。

　　她被分派到内蒙古自治区莫力达瓦达斡尔族自治旗插队。那里地处祖国东北，离海拉尔市仅五百多里地，虽然地处偏远但并不缺粮食，农民养的猪又肥又大。后来她投靠亲属，转到山西太原北郊阳曲县插队。这里虽近临大城市，但是个穷地方。她去的那些年，老百姓一年才分三斤麦子（磨成白面才二斤多一点儿），过年过节才能吃顿细粮，平时粗粮也不够吃。劳动分红也很低。

1973 年至 1976 年，她在山西师范学院数学系上学，和我同班。我们班有七八个北京知青，都很好相处，没有架子，和山西籍的学生关系也很融洽。那时，我和她的关系虽然不错，但也只是一般同学的关系。毕业后，通过书信往来，我们才决定结为连理。她是干部子女，我是农民子弟，按说是门不当户不对，但因为她插过队，对农村和农民有一定的了解，我们三年同窗的基础又好，最终走到了一起，也算是新青年新观念的一个实例。

毕业后，她先是到大港油田研究院计算机室上班，任丘油田大会战时又被调到任丘华北油田研究院计算机室。

石油行业是我国应用计算机最早的行业之一。那时候还没有微型计算机，像银行、政府部门等一般的单位都还没有计算机。当时也没有成熟的操作系统，没有键盘，没有磁盘，人工编写的计算机运行程序（即软件），靠纸带穿孔的方法输入计算机。我刚去油田的时候，他们全室共用一台 TQ16 计算机，由主机（像三个大立柜）、操作台（靠控制面板上的数个扳键操控计算机）和光电输入机（读穿好孔的纸带）三部分组成。机器二十四小时运转，人员轮流上机（每次只能一人上机）。上机人员有时候是白天上机，有时候是深更半夜上机，作息时间很不规律。有时候，有些师傅在机房里连续几天几夜不出来，不吃饭，不睡觉，眼睛都熬红了。晓燕也是这样，是个工作狂，每年从年初到年末差不多天天忙，还经常加班加点。有一次，她早上去上班，中午没回来吃饭，晚上没回来吃饭，夜里没回来，第二天早上没回来，中午没回来，晚上还没回来，我实在忍耐不住了，就到办公室去找她，正好在办公室门口迎上她。那些年，每年都独立承担编写计算机应用软件课题任务的女同志不多。1988年，她被确认为工程师。

从1985年开始至1996年，她几乎每年都独立完成一项课题任务，编写了十几个计算机应用软件。

她编写的部分软件如下：

"碳酸盐岩储集层非均质性研究的数据处理"程序，获华油勘探开发研究院科技成果三等奖。

"地质分析化验数据处理系统"，获华油勘探开发研究院科技成果一等奖和华北石油管理局科研成果二等奖。

"古生物数据处理系统"，在中国软件行业协会石油软件专业协会组织的计算机应用成果交流会上获优秀成果奖。

"VAX机古生物数据处理系统"，获华北石油管理局科学技术进步奖三等奖。

微机和VAX机"多元统计程序及其绘图程序"（内

有十一种多元统计方法），被同事们多次引用。

"VAX 机绘制地质图"程序，其中有几十个地质图标准符号绘制小程序，也被同事们多次引用。

"古生物分析成果软件"，通过了华北石油管理局科学技术委员会组织的专家评审验收。专家们对其中的用计算机绘制出的标有古生物化石的地质图尤为满意，并给予了较高的评价。

"介形类化石鉴定微机辅助系统"，具有一些初步的人工智能功能，可帮助专业人员从化石的形态特征上识别一些难以辨认的化石。该系统通过了古生物专家的评审验收，他们非常感兴趣并给予了很高的评价。其间，她和古生物专业的杨姓高级工程师共同编写的"介形类化石形态特征单元代码"，由中国石油总公司出书，并被作为"介形类化石形态特征数据库"的标准代码。

1992 年，她编写的"在 VAX 机上实现文本双面打印"程序，为同事们带来了方便，几乎人人都在使用。后来，她将介绍该程序的文章投稿于 VAX 机报社，被报社刊登在创报十周年的庆典报上。

她随手编写的介绍（电讯号响声的）几个音乐小程序的文章也被某计算机专业报发表了。

总之，她是我国石油系统最早的计算机应用软件工程师之一，为我国的石油工业现代化作出了自己的贡献，我为她而感到骄傲。但她由于长年累月加班加点，经常熬夜，不按时吃饭、睡觉，最终过早地把身体熬垮了。她原本心脏就不大好，还患有气管炎哮喘，1996 年又增患了高血压，心脏病、哮喘病也比原先更加严重了，频繁发病，经常住院。那时她的身体很虚弱，走路都气喘吁吁，实在无法坚持工作，只好因病提前退休。

2003 年 8 月，我们搬家到北京。2004 年 3 月，她又查出了乳腺癌，经过北京东方医院一年多的治疗，效果不错。在这期间，她做了两次全麻手术和六个周期的化疗。她积极配合医生治疗的态度以及那种乐观的精神，令人钦佩。之后，她积极参加小区的多项活动，义务为居民服务，忘记了自己是个病号。至今十多年了，她享受了快乐，同时，身体素质也比先前好了许多。

我们小区有一个居民合唱队，她担任合唱队的电子琴伴奏（她小时候学过钢琴）。小区还有小合唱队和器乐队，她也是骨干之一。在这些活动中，多数歌片儿、曲谱都是她提供的（她从公园买歌片儿，也从网上下载并校对、修改歌片儿，有时还自己打字录入歌片儿）。她还组编小合唱二声部的曲谱，有时候也自己创作歌曲，算是小区里的文艺骨干。

她是个心灵手巧的人，喜欢干手工活，经常自己动手制作一些漂亮的小工艺品。譬如，她爱好布贴画，贴出的画色彩鲜艳，栩栩如生，立体感强，很精美。她爱好毛线钩织，而且能读懂钩织针法图，看书或看样品就能琢磨出钩织方法；她钩织的毛线立体花（盆景）非常逼真，非常美；她还会制作丝网花，作品非常漂亮。她的这些手工作品在街道办事处举办的手工展览中曾多次获奖。

小区成立了手工队，她是队长，义务教大家手工制作。几年来，她办过丝网花班（两期）、毛线立体花（盆景）钩织班、手链编织班、布贴画班等手工制作班。每次办班前，她都先在电脑上写出教材，再给学员们上课，效果很好。学员们制作的丝网花、毛线立体花（盆景）、布贴画以及其他手工制品非常逼真，非常漂亮。每次办班结业都要举办学员作品展，小区居民竞相参观。"毛线立体花（盆景）"那一期的结业展览，十六个人（包括她）交了七十三件作品，摆满了一屋子，许多花都特逼真，尤其是菊花，效果非常好。居委会书记还请街道办事处宣传部的人来照相和录像。近期举办的布贴画结业作品展，展品精致多彩，参观者无不赞美惊叹。丰台区电视台作了采访和报道，她作为采访对象还在电视上露了脸。

前些年，每到"三八"节，小区里都举办"巧巧手"手工作品展，好几次她都是主要筹办者之一。

她还曾是小区晨练队广场舞的组织者之一，每天早晨带领队员们跳广场舞。在晨练队中，她负责从网上下载广场舞的视频，剪辑音乐，并和他人共同组改动作，然后再教给大家。

她还给《长寿》杂志社投稿，她写的文章《改变心态快乐自来》以及自创歌曲《欢庆中国年》，都在该杂志上发表。

十、附录

（一）《风雨人生八十年》的勘误

由父亲口述，李春明先生记录整理的《风雨人生八十年》一书，对父亲的一生进行了总结。由于时间紧凑等原因，书中难免有些遗漏、不妥或错误，现把勘误登在这里。

1. 7 页倒 2 行　　　增加"天义恒杂货店"

2. 12 页倒 12 行　　增加"鬼子的飞机还在三林镇桥上用机枪扫射，打死五个老百姓，其中三个大人和两个小孩。还有一次在南关桥上扫射，把一个人的胳膊打断了。"

3. 14 页倒 9 行　　　"金圆券"应为"金券"

4. 15 页倒 2 行　　　增加"另一颗炮弹打在南关纺织厂的烟囱上，老远就能看见黑咕隆咚一个大洞。"

5. 35 页 5 行　　　　"100 多路"应为"100 多里路"

6. 45 页 4 行　　　　"泫然大波"应为"轩然大波"

7. 51 页 15 行　　　"青红不接"应为"青黄不接"

8. 62 页倒 4 行　　　"倒机"应为"倒把"

9. 63 页 6 行　　　　"仅管"应为"尽管"

10. 65 页 13 行　　　"仅管"应为"尽管"

（二）友人赠父亲的条幅

　　右一为《风雨人生八十年》的执笔者李春明先生赠父亲的条幅（上端的画扇和下端的篆书"禄福骈臻"为绛州硕德补题），上面题诗两首：

（其一作于 1987 年）

　　走南闯北五十载，几经倾覆从头来。

　　青山夕照人未老，创业奇葩竞相开。

　　秋和兴庆皆英才，何须万贯遗后代。

　　淡茶水酒常自饮，桑榆晚景添风采。

（其二作于 2000 年）

　　临汾进站初相识，富县驻店兴已浓。

　　谈古讲今茶当酒，传道播经说人生。

相识相知二十载，引我致富脱困境。

"下海""上岸"两无悔，终生不忘恩师情。

《风雨人生八十年》出版后，仪庚德先生赠"光沁阳前贤，裕绛州后昆"（右二）、"忍"（右四）；王登科先生赠"有益的奉献"（右三）；吴寿桐先生赠诗（王登科先生书）（右五）：

钩沉漫忆八十年，一路走来苦后甜。

少觅生路豫入晋，工农兵商历波澜。

暮年盛世堪自慰，人生难得百味全。

幸赖春明操妙笔，裁云镌月成巨篇。

满堂儿孙皆栋才，乐享夕阳展笑颜。

父亲九十岁生日时，仪庚德先生赠"九老曾述一部书，十年再进百龄觞"；王登科先生赠"寿"联："国泰家和宜福寿，媳贤子孝自康强"。

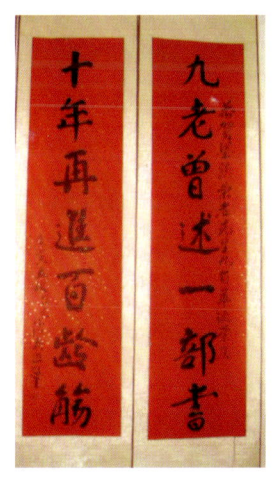

父亲曾给新绛县图书馆捐赠十本《风雨人生八十年》

（三）父亲的笔迹

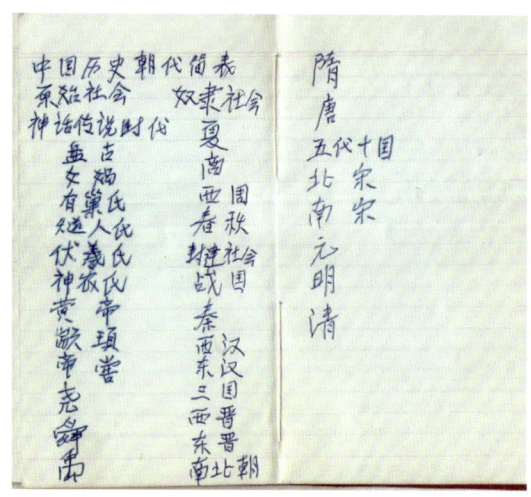

父亲文化程度不高，但经常抄抄写写，积累知识或书写一些格言警句。

十一、结束语

有人说，我们这一代人赶上了许多不幸：

幼年长身体时，赶上了困难时期。粮食短缺，营养不良；

青少年学文化时，懵懵懂懂跟着潮流搞"运动"，没上几天课，没学多少文化知识；

壮年时期赶上了国有企业"改革"，有些职工"下岗"、"失业"。生活拮据，心情不好。

以上这些情况，确实是不幸。但我们还应该转换角度，多想一些幸运的事情，使自己在晚年能拥有一个好心情。

和我们的父辈们相比，日本鬼子侵略中国，烧杀抢掠，无恶不作。抗战十四年，中国军民伤亡三千多万人，损失财产不计其数，我们没赶上。另外，三年解放战争和抗美援朝期间，伤亡了许多人，损失了许多财产，我们也没赶上。

和我们的祖父辈、曾祖父辈们相比，帝国主义列强欺负中国，输送鸦片，杀人放火，抢掠东西，签订不平等条约，等等，我们没赶上。

从1840年到现在，中国在国际上的地位和经济实力，现在是最好的。没有谁敢像以前那样，在中国的土地上横行霸道，输送鸦片，杀人放火，抢掠东西；没有谁敢像以前那样，逼中国割地赔款、签订不平等条约，等等。一句话，中国人现在挺直了腰板，中华民族有了尊严。这些，晚清政府没做到，北洋政府没做到，国民政府也没做到。

和我们的父辈、祖父辈、曾祖父辈们相比，我们是幸运的。我们要珍惜现在的安定生活。阿富汗、伊拉克、利比亚、叙利亚等国家，在西方国家的武力干涉下，构建西方式的"民主社会"，其结果怎么样？结果是社会动荡，爆炸不断，甚至炮火连天，老百姓连命都保不住，这样的结果好吗？当然，我们现今的社会也存在一些问题，譬如，环境污染问题、食品安全问题、少数贫困地区和贫困人口问题、法治与民主建设问题，等等。这些都需要进一步解决。

我相信，问题会越来越少，明天的日子会更好！

我搞了一辈子教育，深深地感觉到，目前中小学生的负担还是太重，中小学教育基本上还是以"应试"为主。培养中小学生的创新意识，提高全民族的创新能力，任重道远！

作者

（**2000** 年摄于华北油田研究院）

新绛县龙兴寺宝塔

稷山县大佛寺

杨赵村

山西师范大学

抽油机

东风中学运动会入场式

跳高比赛

东风中学和研究院学校都非常重视德育教育

学生军训

军训总教官黄小川腾空一跃

参加局军训汇报表演
（东风中学代表队经过主席台）

纪念红军长征胜利 60 周年报告会

师生同台演出《长征组歌》

到烈士陵园扫墓（等候入园）

红领巾认领绿地仪式

每年的"六一"儿童节都隆重而热烈。研究院学校每年都举办"六一"文艺演出。上图为新入队的少先队员在"六一"晚会上佩戴红领巾。

张晓燕给居民上手工课